Eloïse Moueza

Péripéties d'un dragon ordinaire

TOME 2

© 2015, Eloïse Moueza

Edition : BoD - Books on Demand

12/14 rond-point des Champs Elysées, 75008 Paris

Imprimé par Books on Demand GmbH, Norderstedt, Allemagne

ISBN : 9782322019953

Dépôt légal : Juillet 2015

"Take what the Lightbearer sends and be thankful."
Lynn Flewelling, *Traitor's Moon*

© Image de couverture : Tous droits réservés, Florent Lidec

Ewyn se réveille en sursaut. Tout est calme. Non loin de là, Noah dort à poing fermés. Pourtant, le dragon est certain d'avoir entendu un grincement… Non, un craquement. Il ne sait plus. Il soupire de contentement et s'enfonce dans le matelas, prêt à se rendormir.

Maintenant qu'ils sont enfin en possession des feuilles de l'arbre qui guérit, il faut sans tarder les rapporter à Kyo pour soigner la mère de Noah. Mais l'adolescent, en constatant les traits tirés du dragon, a décrété qu'ils devaient reprendre leurs forces avant le voyage de retour. Ewyn n'a pipé mot mais il lui en sait gré. Les muscles de ses ailes, peu habitués à voler, sont perclus de courbatures et il a accueilli avec joie le lit douillet du tavernier, toujours aussi jovial. D'ailleurs - le roi mis à part- les habitants de Korr les considèrent désormais comme des héros. Ne les ont-ils pas libérés d'une diablesse et d'un *mofwazé* ? Songeant aux bêtes démoniaques, Ewyn frissonne de dégoût. Il revoit la gueule béante, la salive qui goutte sur le sentier, les yeux énormes et rouges… Beurk ! Ne serait-ce que l'idée d'une telle créature si près de lui, lui donne envie de prendre une douche ! Ses écailles sont bien trop fragiles pour supporter pareille attaque microbienne…

Ses pensées deviennent de moins en moins précises, et Ewyn se laisse doucement séduire par le marchand de sable. Et tandis que Morphée lui tend les bras, le même grincement le tire à nouveau de sa torpeur. Cette fois, il distingue très nettement l'aubergiste en train de se faufiler dans la chambre. Ewyn s'assied et assiste, stupéfait, aux manœuvres compliquées que l'homme exécute dans l'espoir de ne pas réveiller les occupants de la chambrée. Tout à sa tâche, il ne s'aperçoit pas qu'Ewyn le regarde.

« Dommage qu'il n'y ait pas de popcorn ! » songe-t-il, amusé.

Quand finalement, le tavernier se retourne après avoir fermé le loquet, il prend une profonde inspiration et…

« BOUH !! »

L'homme pousse un hurlement. Ewyn éclate de rire.

- La discrétion est à revoir, tavernier ! s'esclaffe-t-il.

(« Et Noah ? »)

- Flûte, Noah ! Mais réveille-le, l'écrivain !
- Qu-quoi ? balbutie le tavernier, encore sous le choc d'avoir été découvert.
- Oh, toi, l'intrus, tais-toi !

(« Il va falloir trouver un autre moyen de communiquer, dragon ! Parle-moi télépathiquement, veux-tu ? »)

- Je ne suis pas télépathe ! marmonne Ewyn dans sa barbe.

(« Maintenant, si ! Mais seulement avec moi ! »)

(« Super… »)

Noah choisit cet instant pour ouvrir les yeux.

- Ewyn ? Mais que fait cet homme dans notre chambre ?

Le dragon jette un regard menaçant à l'aubergiste.

- Nous n'allons pas tarder à le savoir !

L'intéressé pâlit, rougit, bleuit…

(« Tu t'amuses bien, l'intello ? »)

(« Pff, ignorant… Les figures de styles comme la gradation donnent du relief aux émotions des personnages. »)

(« Dire qu'il est embarrassé suffit amplement ! »)

- Je ne suis pas un voleur, messires, je le jure ! s'exclame l'homme, ramenant l'attention d'Ewyn sur lui.

- Tiens donc !

- Non… non… Ecoutez, je viens vous prévenir du danger qui vous guette. Vous devez fuir au plus vite… La mort vous attend si vous restez à Korr…

Ewyn lève les yeux au ciel.

- Sois plus précis, tavernier ! Quand la mort prévoit-elle de frapper à notre porte ? Noah et moi n'avons nulle intention de faire de vieux os à Korr…

Le pauvre tavernier se tord les mains d'embarras.

(« Il semble nerveux, dragon ! »)

(« Qu'il crache le morceau, que diable ! »)

- De quel danger parlez-vous ? demande Noah calmement, comprenant qu'il ne faut pas effrayer l'homme plus avant.

- Le roi de Korr a lancé un mandat d'arrêt contre Ewyn !

Noah tressaille.

- Pour quel motif ?

- Entrave à une injonction royale !

Ewyn glousse d'amusement.

- A coup sûr, notre courageux roi de Korr a inventé une nouvelle loi dans la nuit, Noah !

- C'est une affaire sérieuse ! s'écrie l'aubergiste, vous serez jeté aux cachots de la Tour Noire !

L'adolescent écarquille les yeux.

- Ewyn ! ça a l'air grave…

Le dragon se lève d'un bond.

- J'ai tellement peur que je vais mouiller ma culotte ! Ce péquenot de roi a omis deux détails et non des moindres : primo, un dragon a tendance à voler. Secundo, il crache du feu… Comment compte-t-il s'y prendre pour m'arrêter ?

- C'est bien le nœud du problème…, répond le tavernier, l'air frustré, il a déployé les grands moyens… Vous êtes un dragon argenté et en tant que tel, vous êtes d'une grande valeur…

Noah et Ewyn le dévisagent sans comprendre. L'hôtelier sursaute.

- Vous… vous ne savez pas ?

- Avons-nous l'air de savoir ? hurle Ewyn, à bout de patience.

(« Calme-toi, dragon ! J'aimerais finir l'histoire sans que tu ne fasses de crise cardiaque ! »)

(« Dans ce cas, débrouille-toi pour que l'aubergiste que voilà se mette à table rapidement ! »)

(« Toujours aussi impatient… »)

(« Ne joue pas avec mes nerfs, l'écrivain ! Je ne suis pas d'humeur ! »)

- Le roi de Korr convoite votre sang, Ewyn ! intervient l'aubergiste, il va…

Ewyn ricane, coupant l'homme dans ses éclaircissements.

- Qu'il fasse la queue ! Il existe tout un tas de soukounyans assoiffés qui n'espèrent que ça. Cela dit, je lui déconseillerais de tenter quoi que ce soit… Le dernier qui a voulu goûter mon sang a fini en barbecue…

- Ewyn ! Tais-toi et écoute ce qu'il a à dire sans l'interrompre ! ordonne Noah que le suspens rend nerveux.

- Très bien, s'exaspère le dragon, allez-y ! Mais vite, hein !

- La prophétie raconte que le sang d'un dragon argenté mêlé à la mixture de Feuy, donne absolu pouvoir à quiconque l'ingère.

Noah se lève immédiatement et se met à arpenter la pièce nerveusement.

- Je savais bien que ce roi n'était pas honnête !

- Penses-tu ? ironise Ewyn. Quel est son plan, tavernier ? Vous parliez de grands moyens.

- Je suis navré, rétorque celui-ci en abaissant le regard, il a fait appel à la garde de Bakrik.

Ewyn sent son visage se drainer de son sang. Bakrik, nom honni entre tous.

- Quand ? souffle Noah.

- A l'aube, murmure le tavernier.

- Quoi ! Mais… Ewyn ! Nous n'aurons pas le temps de fuir !

- Je sais, conclut le dragon d'une voix éteinte, nul dragon n'échappe à la garde de Bakrik.

Noah pousse un cri de terreur.

(« J'espère que tu sais ce que tu écris, l'intello… »)

(« Je l'espère aussi, dragon… »)

§§§§

Le tavernier parti, Noah et Ewyn discutent jusqu'à ce que les premiers rayons zèbrent le ciel.

- Es-tu certain de ton plan, Ewyn ?
- Je n'en vois pas d'autre, Noah ! Toi ?

L'adolescent glisse une main tremblante dans ses dreadlocks.

- Si seulement nous avions plus de temps !
- Avec des si, on refait le monde et présentement le temps nous manque… Alors, sommes-nous d'accord ?

Noah hoche la tête d'un air solennel.

- Tu peux compter sur moi, Ewyn !
- Je sais, mon ami, je sais, murmure tristement le dragon.

Soudain, des bruits de pas martèlent le sol de l'auberge. Des voix tonnent et vocifèrent.

- On y est, Ewyn ! C'est la garde de Bakrik.

Le dragon esquisse un sourire crispé et sort de la chambre sans un mot, laissant Noah seul et désemparé.

- Bonne chance, mon ami, marmotte-t-il quand Ewyn referme la porte derrière lui.

Noah amasse fébrilement ses effets personnels et les fourre dans son sac. Puis, doucement, il ouvre la fenêtre. Par chance, leur chambre est au premier étage et seulement un mètre le sépare du sol. Il saute et le bruit de la chute est étouffé par l'herbe grasse qui pousse en contrebas. Il regarde attentivement autour de lui et longe discrètement les murs de la ville afin de remplir la première étape du plan.

§§§§

Une énorme charrette est parquée devant l'entrée principale de la taverne, à laquelle quatre bœufs qui agitent nerveusement leurs queues, sont attelés. Deux ogres verts tiennent fermement Ewyn et le poussent dans la charrette. L'un d'eux lui attache ailes et pattes à de lourdes chaînes en fer. Au-dessus de leurs têtes, cinq dragons noirs sur lesquels sont assis des hommes aux visages spectraux, tournoient tel des oiseaux annonciateurs de malheur. Ewyn le sait, il n'a d'autres choix que de suivre les ogres. Un seul faux pas et les créatures plongeront sur lui comme des vautours affamés.

- Ne connaissez-vous pas les fourgons blindés ? marmonne-t-il, nous sommes au XXIème siècle, que diable ! Ça va prendre une éternité avant d'accéder aux geôles de cet abruti de roi !

Un des gardes fait mine de le frapper mais Ewyn secoue la tête en guise d'avertissement.

- Touche à une seule de mes écailles et c'en est fini de toi, ogre ! Je mourrai sûrement pour ce geste mais ce qui restera de ton existence tiendra dans une petite cuillère !

La brute hésite. Il n'est pas payé pour se faire brûler !

- Très bien, dragon ! Mais surveille ton langage !

- Bien-sûr ! Et tu veux quoi encore? Du chaudeau avec une part de gâteau fouetté ?

Le garde soupire : le chemin s'annonce très long.

(« Ça va, dragon ? »)

(« Fiche-moi la paix ! C'est à cause de toi si je suis dans ce pétrin ! »)

(« Pff… Un peu de confiance serait apprécié ! »)

(« Tu rigoles, j'espère ? Et d'ailleurs pourquoi perds-tu du temps à me parler ! Je suis dans une charrette, en route pour la Tour Noire ! Je coincé, ici ! Il n'y a rien à écrire sur la question ! Va plutôt aider Noah ! Il a besoin de toi pour réussir sa tâche…)

(« Très bien… A tout à l'heure, dans ce cas… »)

Le convoi se met en route avec une lenteur exaspérante et Ewyn se demande si la torture du roi de Korr ne consiste pas à le faire mourir d'ennui bien avant d'atteindre la pénombre des cachots.

Noah arrive à destination une heure après sa fuite discrète. La bibliothèque royale, bien que son nom indique l'inverse, ne se trouve pas dans l'enceinte impériale. Au contraire, pour d'obscures raisons historiques, ce bâtiment a été édifié à plusieurs kilomètres du château. L'adolescent ne peut que remercier la providence pour ce détail. S'il s'était avéré que la bibliothèque se situât dans le château, jamais il n'aurait pu consulter les documents nécessaires pour aider Ewyn.

Le cœur battant la chamade mais animé d'une détermination sans faille, Noah pénètre dans la bibliothèque royale de Korr. Le hall est immense et chaque pas résonne sur les murs bardés de tableaux de peintres célèbres. Tout en avançant, Noah ne peut dissimuler son ravissement de s'introduire dans un tel lieu. Certes les circonstances laissent à désirer mais quand même… La bibliothèque royale de Korr ! Elle est célèbre dans tout le pays ! D'anciens manuscrits y sont précieusement conservés. Justement, il existe un document qui relate les origines et les légendes des dragons. Noah doit absolument en prendre connaissance pour découvrir ce qu'est la mixture de Feuy et s'il existe un antidote, comment s'en procurer.

Perdu dans ses pensées, il ne s'aperçoit de la présence de l'énorme fourmi manioc derrière lui.

- Monsieur, murmure-t-elle.

Noah hurle de surprise et de terreur mêlées. Il tente rapidement de se reprendre, embarrassé par son comportement.

- Veuillez, m'excuser… Je…ne vous avais pas vue…

Bien que Noah ait entendu parler des Myrmex, ces fourmis géantes douées d'intelligence, il est une chose de savoir l'existence de telles bêtes et une autre de leur faire face. D'autant que les Myrmex ne sont guère connues pour leur caractère placide…

- Que voulez-vous, humain ?

Noah se tord les mains. Tout d'un coup, le plan d'Ewyn ne lui paraît plus aussi excellent…

(Il faut dire que je le comprends ! Personne n'a envie de consulter un livre dans un endroit pétri d'histoires rocambolesques avec une paire d'yeux de fourmi dans son dos…)

- Parlez! Ou passez votre chemin !

Le garçon déglutit et prend son courage à deux mains.

- Je suis venu consulter la Grok.
- Ah ! Etrange… Le roi en a fait la demande hier… Il voulait même emporter le manuscrit, marmonne la Myrmex, l'air mécontent.
- L'a-t-il fait ?
- Quoi donc ?
- A-t-il emprunté la Grok ?
- Bien sûr que non ! tonne la bestiole, faisant Noah reculer de quelques pas, il est interdit d'emprunter tout objet ici !
- A…aasssuurément, bégaie Noah.

Les antennes de la Myrmex frétillent de colère et ses crochets se mettent à s'ouvrir et se fermer frénétiquement.

- Est-ce votre intention ? Etes-vous venu voler des documents sacrés ?
- Non ! réplique Noah hâtivement, désireux d'apaiser l'insecte, je suis simplement venu consulter certaines notes.

La fourmi le fixe avec ses gros yeux à facettes, semblant juger de la sincérité de l'adolescent. Celui-ci se laisse donc inspecter, conscient de l'importance de l'instant pour la suite des évènements. Si la Myrmex lui refuse l'accès à la salle des archives, Noah ne pourra pas délivrer Ewyn.

- Bien, finit-elle par déclarer, suivez-moi, jeune homme.

Noah obtempère sans un mot, mais intérieurement, il ne peut s'empêcher d'exécuter une danse de la victoire.

(Tu m'étonnes ! C'était moins une, mon coco !)

Ils traversent diverses salles où des étagères lourdes de livres emplissent l'espace. Plusieurs personnes sont assises autour de tables rondes et lisent dans un silence solennel.

Au bout de quelques minutes à travers les dédales de la bibliothèque royale, la Myrmex fait signe à Noah de l'attendre dans une petite pièce ne comprenant aucune fenêtre. Quand le garçon s'enquiert de cette étrangeté dans un pays au climat chaud, la fourmi manioc lui répond que la lumière endommage les livres et que s'il veut consulter la Grok, il lui faudra suivre des consignes strictes. Noah s'empresse de lui expliquer qu'il se pliera volontiers à toutes les règles, du moment qu'il trouve ce qu'il cherche. Mais il ne peut s'empêcher de se dire qu'en cas de problème, la pièce ne débouche sur aucune issue.

(Il est donc pris au piège…)

La Myrmex n'est pas absente longtemps et très vite Noah se retrouve seul, les mains gantées pour protéger le livre de la transpiration naturelle de la peau, attablé comme les autres lecteurs des pièces contiguës. La fourmi, si elle est sortie de la salle, n'est pas allée loin pour autant et Noah est plus que conscient de la surveillance discrète mais ferme de l'insecte.

Il ouvre la Grok avec une certaine révérence et feuillette doucement les pages. L'aubergiste a déclaré que le Roi de Korr mélangerait le sang d'Ewyn avec la mixture de Feuy. Mais le Roi ne doit pas savoir comment fabriquer cette potion sinon jamais il n'aurait consulté la Grok.

- Depuis quand complotes-tu contre mon ami ? murmure Noah, énervé à l'idée de ce que traverse le dragon tandis qu'il est assis là, à bouquiner.

- Silence ! tonne la Myrmex, de la salle voisine, où vous devrez vous en aller, humain !

L'injonction confirme les suspicions de Noah : ses gestes sont épiés. Il sourit faiblement pour faire comprendre à la fourmi manioc qu'il se tiendra tranquille et se replonge dans sa lecture.

(Qu'il se dépêche de lire…)

L'adolescent se hâte de parcourir les lignes rédigées à la main. Puis, au détour d'une page, il s'arrête net. Là, sous ses yeux, figure le dessin d'un homme dont les traits lui glacent le sang. Ce sorcier, qui a mis au point la mixture de Feuy… cette créature, née il y a mille ans environ et dont la légende raconte qu'elle a donné son âme au diable pour bénéficier de l'immortalité… cette chose est… son père. Noah se rappelle avec horreur avoir harassé sa mère des semaines durant pour qu'elle lui livre l'identité de son géniteur. Devant la colère et le désarroi de son fils, elle avait fini par craquer et lui avait tendu d'une main tremblante une petite photographie jaunie par le temps. Un homme, vêtu d'une longue cape regardait l'objectif d'un air sévère. Il n'avait pas compris pourquoi sa mère s'était violemment emportée quand il avait déclaré vouloir le retrouver… Ce visage émacié, resté gravé dans la mémoire de Noah, ressemble en tous points au portrait qu'il contemple à présent.

Il suit de l'index les contours anguleux du faciès du sorcier et réprime avec difficulté la nausée qui lui monte à la gorge.

(Euh… Elles sont émouvantes, les réunions familiales mais bon… et Ewyn ?! Je sais… je suis insensible !)

§§§§

De son côté, Ewyn contient à grand peine son agacement. Après deux heures de route, il est traîné devant le trône du Roi qui le fixe d'un air satisfait.

- Alors, dragon ? On rigole moins ?

- Certaines choses changent… Par contre, d'autres restent les mêmes… Comme l'idiotie d'un roi, par exemple !

- Tu aurais tort de me manquer de respect…

Ewyn éclate de rire.

- Désolé mais vous tendez la perche pour vous faire battre, Majesté ! Et puis… que pourriez-vous me faire que n'ayez déjà accompli ?

Le roi de Korr, dont il faut admettre le faible quotient intellectuel, ne sait que répondre et, écarlate, ordonne l'enfermement du dragon sur le champ. Celui-ci rit toujours quand l'ogre pousse le verrou de sa cellule, au dernier étage de la Tour Noire.

- Cesse de te gausser, dragon !

- Impossible… Comment pouvez-vous supporter un tel monarque ?

Ewyn colle son énorme tête contre les barreaux du cachot.

- Allez ! Avoue ! Il y a certainement une petite révolution qui se prépare, non ? demande-t-il d'un ton conspirateur à son géant de garde.

- Non ! Maintenant, tais-toi ! Tes jérémiades me fatiguent !

(« C'est trop drôle, Ewyn ! Tu arrives à agacer le plus médiocre des gardes ! »)

(« Je t'ai dit de me laisser tranquille, l'intello ! Au fait, où en est Noah ? »)

(« Tu veux la paix ou des nouvelles ?! »)

(« Laisse tomber, l'écrivain ! Tu m'énerves ! »)

§§§§

Noah, s'il ne s'est pas remis de sa surprise d'avoir ainsi découvert l'identité de son père, parvient tout de même à obtenir les informations désirées. La mixture de Feuy est fabriquée dans les grottes d'Asdan, une commune située au nord de Korr.

La Grok ne fait malheureusement mention d'aucun antidote et Noah est persuadé que le roi de Korr a déjà envoyé ses troupes à Asdan pour recueillir la mixture de Feuy.

Désireux de passer inaperçu -Noah a décidé de marcher au lieu de prendre le car de Korr- il atteint la Tour Noire au début de l'après-midi.

Comme la Bibliothèque Royale, la Tour Noire a été érigée à l'écart du palais royal. Construite en pierre, elle avait d'abord servi de léproserie. Avec l'arrivée du vaccin contre la lèpre, le bâtiment avait été récupéré et servait désormais de prison, une des plus lugubres du pays.

Noah débouche sur une vaste clairière arborée sur laquelle semble piquée, tel un dard, la Tour Noire. Il n'y a pas âme qui vive et l'adolescent se demande avec inquiétude si l'absence de gardiens signifie que nul n'a pu s'échapper de la Tour Noire. Un petit mur entoure la prison et Noah l'enjambe sans trop de difficulté. Il emprunte une entrée dérobée le conduisant directement devant un immense mur. Des lucarnes bardées de barreaux ont été creusées à même la pierre, signalant les différentes cellules des geôles de Korr.

Comment savoir dans quel cachot a été enfermé Ewyn ?

Noah doit se hâter. Jusqu'ici aucun garde ne l'a arrêté mais la chance pourrait tourner court. Il prend une profonde inspiration et choisissant une fenêtre au hasard, s'apprête à lancer une pierre pour attirer l'attention de son occupant.

- Noah ! Non !

L'adolescent se retourne et reste bouche bée devant la Reine Ayshala qui volète devant lui avec grâce.

- Votre Majesté ! chuchote-t-il, que faites-vous ici ?

- J'ai ouï de votre mésaventure. Cet imbécile de roi de Korr n'a pas inventé le fil à couper le beurre et ces actions prouvent encore maintenant qu'il n'est pas capable de réfléchir de manière avisée…

- Venez-en au fait, Reine Ayshala ! la coupe Noah, peu désireux de se faire prendre pendant que la fée débite son discours.

- Oh ! Mille excuses ! Je suis venue vous aider, bien sûr ! Et devine qui a tenu à m'accompagner ?

Noah baisse les yeux et découvre la mangouste dont le regard brille d'un air triomphant.

- Et bien ! s'esclaffe-t-il, c'est Ewyn qui sera content !

- Oh ! Qu'il mesure sa chance, ce gros lézard ! riposte l'animal d'un air moqueur.

- Il suffit ! s'écrie Ayshala. Attendez-moi ici ! Je vais chercher la cellule d'Ewyn. As-tu des informations importantes à lui transmettre ?

- Oui, Majesté ! Dites-lui que la mixture de Feuy est fabriquée à Asdan. Je n'ai pas pu trouver d'antidote et je crains fort que le roi de Korr n'ait envoyé ses hommes pour récupérer la mixture.

Noah n'en dit pas plus, mortifié d'avouer qu'il a reconnu son père en la personne du sorcier le plus diabolique de tous les temps.

- Très bien ! s'exclame la fée en s'élevant dans les airs, tu me parleras plus tard de ce que tu tais si honteusement !

Le jeune garçon se sent rougir jusqu'aux oreilles.

(Ayshala est une créature magique ! Bien sûr qu'elle possède quelques pouvoirs…)

- Que voulait-elle dire par là ? s'enquiert la mangouste en fixant Noah.

- R..rien… Au fait, tu nous as jamais fait part de ton nom ?

- Ah bon ? riposte l'animal en se grattant la tête ! Dans ce cas… Je me nomme Golomine !

Noah fait son possible pour ne pas rigoler. Golomine ! Seigneur Dieu !

(En sachant qu'aux Antilles, le golomine est un petit poisson qui vit dans les mares d'eaux stagnantes. Il raffole des moustiques et est réputé pour sa robustesse. Peut-être est-ce pour cette qualité que les parents de la mangouste l'ont nommée ainsi…)

§§§§

Ayshala virevolte de croisée en croisée avec l'élégance qui sied à son rang. Elle jette un rapide coup d'œil à l'intérieur des cellules avant de passer à la suivante. Les occupants des cachots de Korr ne s'aperçoivent de rien et elle continue son exploration jusqu'à ce qu'elle tombe sur le dragon argenté.

- Ewyn ! l'interpelle-t-elle en se posant sur le bord de la lucarne, essoufflée.

(Bien qu'agile, Ayshala n'a guère l'habitude de faire de l'exercice !)

- Reine Ayshala ! Mais que faites-vous ici ?
- Oh ! tu sais, répond la fée d'un ton badin, je passais dans le coin !

Ewyn, oubliant toute prudence, explose d'un rire tonitruant.

- Silence, dragon ! ordonne l'ogre, gardien des geôles.
- Oh ! Toi ! bougonne Ewyn, un vers de terre suffirait à te déranger !

Par chance, le géant ne répond pas et Ayshala laisse échapper un soupir de soulagement.

- Ce n'est vraiment pas le moment d'attirer l'attention, Ewyn !
- Mes excuses, votre Majesté, souffle le dragon avec un grand sourire qui dément son repentir.

(« Euh… Ewyn ! Tu devrais peut-être écouter ce que la reine a à te dire…)

(« Ah ! L'intello ! Toujours là ! »)

(« Où veux-tu que j'aille ?! »)

(« J'aurais bien une petite idée… »)

(« Reste courtois, je te prie !»)

(« Courtois ?! A cause de tes petits jeux, je me retrouve dans la prison du roi le plus imbécile qu'il m'ait été donné de rencontrer ! Excuse-moi si je ne te remercie pas ! »)

(« Cesse de gémir, dragon et écoute la reine… »)

Ayshala se racle la gorge pour capter l'attention d'Ewyn.

- Mes excuses, ma reine ! Je vous en prie ! Parlez !
- La mixture de Feuy est créée à Asdan mais la Grok ne fait mention d'aucun antidote. Noah craint que les soldats du roi ne s'y soient déjà rendus.

Ewyn hoche la tête d'un air pensif.

- Nous n'avons guère le choix, il me semble, déclare-t-il finalement. Nous devons intercepter les gardes.
- Oui… j'y ai pensé mais cela me paraît risqué.

Le dragon lève les épaules.

- Un risque de plus ou de moins…

La reine scrute l'énorme tête argentée d'Ewyn un long moment avant de conclure :

« Quand il fera nuit noire, je reviendrai te sortir de là. Tiens-toi prêt ! »

Et elle s'envole par la fenêtre.

- J'espère que votre plan ne fait point intervenir de mangouste ! murmure Ewyn en la suivant des yeux.

§§§§

- Alors ? demande Noah dès qu'Ayshala apparaît.

- Nous allons le sortir de là !

Noah jette un coup d'œil vers le mur de pierre.

- Euh… Non pas que je veuille vous manquer de respect mais… Comment allons-nous accomplir une telle tâche ?

- C'est vrai, ma Reine ! renchérit Golomine, nous n'avons ni explosifs, ni tanks ! Rien qui eut pu nous aider à…

- Silence ! s'invective Ayshala. Je suis petite, certes, mais je possède des pouvoirs, que diable !

(Je vous l'avais dit ! Petite mais costaud !)

Noah baisse les yeux. En vérité, il est amusé du ton outré de la reine. Ayshala a beau être de courte taille, son tempérament rivalise avec les Dernières Montagnes !

- Hum ! Très bien, Majesté ! Quel est votre plan ?

- Il est très simple : nous allons métamorphoser Ewyn en ogre et l'ogre en dragon. L'un prendra la place de l'autre ! Et Ewyn sortira de sa cellule.

L'adolescent en est pétrifié de stupeur.

- Ewyn le sait ? s'effare-t-il.

- Bien sûr que non ! Jamais il n'aurait accepté !

- C'est certain ! Mais… est-ce le seul moyen ?

Ayshala commence à tourbillonner, une fumée orangée s'échappant de ses petites oreilles pointues.

(Oula ! Elle est gentille Poucette mais il ne faut pas la chauffer !)

- Noah ! chuchote nerveusement Golomine, tais-toi ! La reine n'apprécie pas que l'on mette en question ses décisions !

- Ah ! s'étrangle le garçon, je… veuillez m'excuser. Je ne…

- Nous manquons de temps, Noah ! fulmine Ayshala dont la peau vire au rouge sang, soit tu me suis, soit tu te débrouilles !

- Trè… très bien, votre Majesté ! Je vous suis !

Brusquement, la reine des fées retrouve son teint de rose et la fumée orangée se dissipe. Elle sourit aimablement à Noah qui, effaré, ne peut s'empêcher de reculer.

- Oh ! Tu n'as rien à craindre, se désole-t-elle, j'ai juste tendance à m'emporter quand on me contredit !

- C'est noté ! marmonne Noah.

(Un peu lunatique, poucette !)

- Allez ! En route ! Nous avons besoin de sang de soukounyans pour préparer la potion de métamorphose !

- Pardon ?!

Cette fois, Noah ne peut se prévenir de crier. Obéir aux ordres d'une créature à peine plus grande que son doigt lui parait déjà incongru mais… du sang de soukounyans ! Cette fée est tombée sur la tête !

- Quoi encore ! s'agace Ayshala.

Noah inspire profondément mais au moment où il s'apprête à parler, Golomine le devance.

- Noah se demandait où vous alliez trouver du sang de soukounyans, Majesté !

- Ah ! Eh bien, chez mon ami le Père Fouettard, voyons ! Il l'utilise pour fabrique son alcool du soir !

Noah ne sait que répondre et adresse un signe de remerciement à la mangouste. Intérieurement cependant, il ne peut s'empêcher de regretter le temps où son compagnon de route était son meilleur ami.

Ayshala, Golomine et Noah se rendent donc au domicile du père Fouettard. Au bout de deux heures de marche, le garçon en sueur, se laisse choir dans l'herbe grasse.

- C'est encore loin ?

- Nous arriverons en fin d'après-midi ! déclare tranquillement la fée.

- Quoi ?! Mais c'est dans trois heures !

- Je sais ! Golomine, va chercher des fruits pour notre ami, veux-tu ! Il a l'air exténué !

La mangouste bougonne mais s'exécute.

- Nous avons de la chance ! continue Ayshala visiblement excitée, Papou a retardé son voyage vers sa résidence secondaire de quelques jours. Il sera à même de nous recevoir.

- Papou ? demande Noah, perplexe.

- Le père fouettard ! C'est son petit nom !

- Ah !

L'adolescent se tait, soudain las. La journée a commencé tôt et en plus son père…

- Parle-moi de lui ! l'encourage doucement la reine des fées, profitant de l'absence de Golomine.

Noah surpris, est tenté de faire la sourde oreille mais il sait que c'est un effort vain.

- J'ai découvert aujourd'hui que mon père a vendu son âme au diable, qu'il est immortel et a créé la mixture de Feuy !

- J'imagine que c'est un choc, murmure la Reine.

- Vous n'avez pas idée, soupire le garçon. Tout ce temps, j'ai supplié ma mère de me dévoiler l'identité de mon père. Si seulement j'avais su qu'elle essayait de me protéger…

- L'heure n'est pas aux remords! Essaie plutôt de trouver une solution. D'après toi, sait-il qu'il a un fils ?

L'adolescent blanchit d'inquiétude.

- Je… je ne sais pas… Croyez-vous qu'il puisse me faire du mal s'il venait à l'apprendre ?

- Tous les doutes sont permis. Vyus n'est pas connu pour son cœur tendre.

- Vyus ?! Vous… vous le saviez ? s'écrie Noah, estomaqué.

La Reine des fées le fixe tristement.

- Oui… Mais il ne m'appartenait pas de dévoiler un tel secret.

- Mais… mais comment ?

- Vois-tu, le don de sorcellerie se transmet de génération en génération. Chaque famille de thaumaturge est reconnaissable grâce à une marque bien distincte.

Les yeux de Noah s'écarquillent de surprise. Il soulève doucement son bras gauche et dévoile la tâche de naissance en forme d'étoile.

- Comme… comme celle-ci ? marmotte-t-il en tremblant.

Ayshala hoche la tête.

- Un seul autre sorcier possède cette marque.
- Vyus.
- En effet.

Noah tressaille violemment et contemple la Reine comme si le ciel lui était tombé sur la tête.

- Attendez ! Ça veut dire que je suis un sorcier ?!
- Je le crains, mon garçon ! Ah ! Voilà Golomine !

La mangouste revient avec trois bananes et un melon. Noah se restaure sans un mot, les révélations de la fée l'ayant profondément troublé.

- Allez en route ! s'écrie Ayshala quand le repas est terminé, nous avons du pain sur la planche ! Ton ami compte sur nous.

Noah obtempère mais ses oreilles bourdonnent toujours de confusion. Sorcier ! En voilà une bonne blague !

L a demeure du père Fouettard, si elle est située à Korr (aux confins extérieurs !), n'en est pas moins difficile d'accès.

- Pourquoi fallait-il que ce brave Père Fouettard construise sa maison sur le plus haut morne ? geint Golomine, à bout de souffle.

Ayshala, posée sur l'épaule de Noah, lui sourit avec indulgence.

- Il doit prendre de la hauteur… Punir les enfants n'est pas une mince affaire et une lourde responsabilité.

Noah frissonne. Il se rappelle les menaces de sa mère quand enfant, il n'obéissait pas et qu'elle lui promettait une visite chez le Père Fouettard.

- On dit qu'il connaît toutes les bêtises commises, murmure le garçon comme si le fait de parler trop fort allait attirer sur lui les foudres du Père Fouettard.

Ayshala éclate d'un rire cristallin tandis qu'elle déploie ses ailes et s'élance vers la villa.

(Allez savoir pourquoi elle n'a pas eu cette idée plus tôt…)

- Papou est un homme doux et sensible ! s'esclaffe-t-elle en s'éloignant, il est incompris, voilà tout !

- Mouais, rétorque Golomine, je sais pourquoi il est incompris, moi ! Quelqu'un qui collectionne les martinets n'est pas digne de confiance…

Noah sursaute légèrement.

- Il collectionne quoi ?!

La mangouste vérifie que la Reine des fées des Lucioles se soit suffisamment éloignée pour avouer :

« Ce gars n'est pas clair, si tu veux mon avis ! Il boit de l'alcool à base de sang de *soukounyan*, punit les enfants et que sais-je encore ! »

Noah acquiesce, les sourcils froncés. Lui non plus n'est pas très à l'aise à l'idée de rencontrer le Père Fouettard.

- Mais à part ça… Comment est-il ?

- Euh… C'est un petit papi qui marche avec une canne… A première vue, rien d'extraordinaire mais quand il se met en mode « punition » alors là, crois-moi, ça fait peur…

(Bon… En même temps, cette mangouste a tendance à craindre une mouche trop verte…)

- Pourquoi ?

- Sa taille double… C'est…étrange.

- Sans blague, murmure l'adolescent de plus en plus anxieux.

Mais il n'a pas le temps de trop y réfléchir : ils sont arrivés sur le perron du Père Fouettard et Ayshala qui les a devancés tient la porte pour eux, un sourire aux lèvres.

Déglutissant avec force, Noah et Golomine pénètrent dans l'antre du Père Fouettard.

§§§§

Ewyn admire (à travers les barreaux de sa cellule) le soleil qui doucement disparait derrière l'horizon. Le spectacle est saisissant de beauté et, pour la première fois depuis une décennie, il se met à rêver d'envolées sauvages au crépuscule, Noah solidement accroché sur son dos.

En pensant à son ami, le dragon soupire.

« J'espère que tu vas bien, Noah et qu'Ayshala sait ce qu'elle fait… »

Même si la Reine des fées des Lucioles n'a pas partagé ses plans pour sortir Ewyn de son trou, le dragon ne peut s'empêcher de penser que les risques encourus sont vastes. Ou alors, c'est autre chose ? Depuis quelques heures, l'inquiétude l'enveloppe sans qu'il puisse en détecter l'origine.

(« Fais confiance à ton instinct, dragon ! Je sais que tu n'as pas grandi au sein de ta communauté mais le sixième sens d'un dragon argenté est très fort. S'il te dit de rester sur tes gardes, alors reste sur tes gardes ! »)

(« Dis-moi ce qui va se passer, l'intello ! Tous mes signaux d'alarme sont en alerte sans que je ne comprenne pourquoi ! »)

(« Impossible de dévoiler les évènements futurs, Ewyn! Si je change une seule ligne, toute l'histoire en sera chamboulée ! Les protagonistes ne savent pas ce qu'ils vont affronter : leurs réactions seraient différentes sinon. »)

(« Je sais ! Mais j'ai peur pour Noah ! Il est seul et naïf... Et puis, c'est à cause de toi que je suis là ! »)

(« Les reproches reprennent ! Allez ! Je m'en vais, dragon ! Mais sache une chose : Noah est plus fort que tu ne le penses. J'y veille personnellement ! »)

Ewyn ferme les yeux un instant. Dehors, la nuit déroule son manteau sombre. Quelques heures et il sera sorti des geôles du roi de Korr. Et peut-être alors, son pressentiment se dissipera.

Soudain, un bruit de clés le fait sursauter. La porte de sa cellule s'ouvre et sa Majesté le roi de Korr entre dans la prison en souriant d'un air mauvais.

- Tiens ! Votre Grandeur a osé se salir les pieds pour visiter son cachot ? raille Ewyn.

- Adresse-toi à moi avec le respect que tu me dois ! clame le petit homme.

Le dragon éclate de rire.

- Pourquoi aurais-je du respect pour un monarque tel que vous ? Vous vous êtes empressé d'emprisonner un dragon qui vous a débarrassé de deux créatures maléfiques !

Le roi étouffe de colère.

- Je vous avais donné l'ordre de rester à l'écart !

- Et ce faisant, vous condamniez la mère de mon ami, sombre crétin ! Sans parler des autres malades obligés de souffrir à cause votre couardise ! s'exaspère Ewyn. Sortez d'ici !

Le souverain devient si rouge que le dragon craint pour sa vie.

- Tu ne peux pas m'ordonner de sortir de mes propres geôles ! vocifère le roi, ce qui a l'effet malheureux de faire ressortir ses yeux globuleux.

Le dragon se lève lentement et le monarque, malgré lui, recule de quelques pas.

- Res…reste où tu es !

- Qu'allez-vous faire ? Me mettre dans une cellule plus petite ? ricane Ewyn, ravi de la frayeur de l'homme.

Le roi tremble de tous ses membres et tournant les talons aussi vite que ses jambes boudinées le lui permettent, crie par-dessus son épaule :

« Je prendrai ton sang bien assez tôt, dragon ! »

- Qui vivra, verra, votre Majesté ! susurre Ewyn, amusé par la sortie précipitée du souverain.

En entendant la réplique du captif, sa Seigneurie ne peut s'empêcher de se retourner :

« Quels que soient tes plans pour sortir d'ici, ils seront vains, dragon ! Au moment où nous parlons, mes gardes sont arrivés à Asdan. Ils seront de retour au lever du soleil avec la mixture de Feuy.

- Au lever du soleil ? sourit le dragon ! N'avez-vous rien trouvé de plus original ? Laissez-moi deviner… Vous avez donné ordre à ces braves gardes de revenir au moment où le soleil apparaît ? C'est pour l'effet dramatique ?

(Je partage l'opinion du dragon. Pourquoi diable toutes les scènes importantes se déroulent-elles au coucher ou au lever du soleil ? Auraient-elles été moins déterminantes si elles se déroulaient à dix heures du matin ?!)

Un son étranglé s'échappe des lèvres du roi, prouvant à Ewyn que sa théorie est la bonne.

- Déguerpissez, Majesté ! s'esclaffe le dragon, je suis certain que vous devez vérifier votre garde-robe pour ce jour spécial !

Le roi de Korr sort la tête haute et les jambes flageolantes. Laissé seul, son hilarité s'évapore et Ewyn s'assied sur le sol glacé en soupirant.

- Dépêche-toi, Noah ! Avant que je ne décide que brûler un roi est un délit mineur !

§§§§

Noah sirote son jus de goyave, essayant tant bien que mal de dissiper son sentiment d'étrangeté tandis que le Père Fouettard et Ayshala sont en pleine discussion. La mangouste, quant à elle, s'est postée non loin de la porte, comme si elle craignait un dénouement tragique.

Le Père Fouettard est un homme délicieux, aux yeux doux et rieurs. Pourtant, les tableaux représentent des scènes de torture et la profusion de martinets accrochés au mur, démentent avec force le calme affiché par le vieil homme.

(L'habit ne fait pas le moine et bien que Papou se révèle courtois, la méfiance est de mise…)

- Alors mon garçon ! Comment t'es-tu retrouvé mêlé à cette histoire ? l'interpelle Papou en claudiquant vers lui.

L'adolescent sursaute. Plongé dans ses pensées, il ne s'est pas rendu compte qu'Ayshala et l'homme ont fini de converser. Il lève la tête et se noie dans les yeux noirs du Père Fouettard.

- Euh… C'est assez simple, en fait.

- Au début, ça l'est toujours, le coupe Papou, et puis, on se laisse emporter par les évènements jusqu'à se retrouver dans le salon du père Fouettard !

« Il parle comme si je suis un gamin ordinaire qui attend sa punition ! » songe Noah que l'énervement envahit d'un coup.

- Insinuez-vous que ma conduite laisse à désirer ? s'emporte le garçon.

Golomine et Ayshala tressaillent. Jusque-là, Noah a montré un caractère facile et enjoué. Il semble que cette aventure ait eu raison de son calme.

- Pardon ? s'écrie Papou, visiblement interdit.

(Cet homme n'a pas l'habitude d'être remis à sa place ! Il punit des enfants et s'amuse de leurs terreurs. Dire qu'il est surpris de l'effronterie de Noah est un euphémisme.)

- Vous m'avez entendu ! Tout ce que je veux c'est sauver ma mère et sortir Ewyn des griffes de cet imbécile de roi ! Mais à chacun de nos pas, les obstacles tombent comme des mouches ! Et vous êtes là, à palabrer sur la forme ! Et si on parlait du fond, hein ! Le seul ami que je n'ai jamais eu, va servir de potion magique à un homme qui atteint à peine la taille d'un cocotier nain ! Et tout ça pour une histoire de pouvoir ! D'ailleurs, pourquoi ce roi veut-il diriger le monde ! Il arrive à peine à régner sur Korr !

- Noah ! Calme-toi, voyons ! s'exclame Ayshala en s'envolant vers lui.

- Me calmer ! s'étrangle ce dernier, qu'elle est gentille, la marraine la bonne fée ! Mais ce n'est pas vous qui avez affronté une armée de voleurs dans une forêt de fromagers ! Vous n'avez pas failli vous noyer et aucun *soukounyan* n'a essayé de vous gober ! Ce n'est pas vous qui avez sauté de sommet et sommet sur le dos d'un dragon qui avait le vertige et je parie qu'une diablesse n'a jamais essayé de vous séduire ! Alors excusez-moi, si je vous offense mais là, j'en ai par-dessus la tête !

Il s'interrompt brutalement, à bout de souffle, les yeux exorbités et les poings serrés. Une lumière bleue émane de son corps et Ayshala recule prudemment.

(Oyez ! Oyez ! Noah est en plein break-down !)

Golomine est prompt à réagir : l'animal se place aux côtés de l'adolescent et lève une patte velue en signe d'apaisement.

- Tu as raison ! Aucun de nous ne peut comprendre ce que tu as traversé ces trois derniers jours ! Pas même le père

Fouettard ! Mais ce n'est pas une raison pour utiliser la magie, mon ami !

Aussi vite qu'elle est apparue, la colère de Noah se dissipe.

- Quoi ? murmure-t-il, quelle magie ? De quoi parles-tu ?

- Celle-là, dit doucement Golomine, en prenant la main de Noah.

L'adolescent regarde ses paumes et découvre la faible lumière bleutée, vestige de sa colère.

- Oh ! Mon Dieu ! s'écrie-t-il, avant de s'évanouir.

(Comprenez ! Noah était un garçon sans histoire ! Et ne voilà-t-il pas qu'il découvre qu'il est doté de pouvoirs magiques et que son père est un de ces personnages qui vendent leurs âmes au diable ! C'en est trop ! Son cerveau a court-circuité !)

Papou s'approche de l'inconscient et le place avec précaution sur le sofa du salon.

- Eh bien ! Ce garçon est rempli de surprises, Ayshala ! Mais je comprends ton inquiétude ! Si Vyus vient à l'apprendre, j'ai bien peur que la fin ne soit désastreuse !

- Dis donc ! Quelqu'un pourrait me mettre au parfum ! s'indigne la mangouste.

Ayshala opine du chef.

- Noah est le fils du Vyus ! Il vient de le découvrir et apparemment le choc a provoqué l'émergence de ses pouvoirs !

- V...V...Vyus ! balbutie Golomine, *Le* Vyus ?

- L'unique et le seul.

- Bon sang !

(Dans le cas de Noah, mauvais sang serait plus juste !)

- Nous devons protéger Noah, déclare Papou, d'un air décidé. Je vais prévenir Atar. Lui seul pourra l'aider à contrôler ses pouvoirs !

- Mais… Et Ewyn ? demande Golomine.

- Ewyn ? Ah le dragon ! Et bien qu'il se débrouille ! Nous avons assez de chats à fouetter pour nous préoccuper du sort d'un dragon argenté ! s'irrite Papou.

Golomine fronce les sourcils et pointe accusateur sur le Père Fouettard :

« Vous plaisantez, j'espère ! Comment croyez-vous que Noah réagira en découvrant que vous l'avez trahi ? »

- Ce n'est pas mon problème ! J'emporte Noah !

- Comment ça, vous emportez Noah ?! s'invective la mangouste. Dans quel monde vivez-vous ?! On ne fait pas qu'emporter les gens contre leur gré !

- Ayshala, musèle ton rat des forêts ou je m'en charge ! rugit le père Fouettard qui, sous les yeux d'Ayshala et Golomine, entame sa métamorphose…

Ses jambes s'allongent, sa peau devient grise, ses griffes sortent et sa tête… Seigneur, quelle tête ! Elle ressemble à une énorme calebasse cabossée. Ses veines semblent prêtes à exploser, ses yeux se zèbrent de rouge et une fumée verte et nauséabonde s'échappe de ses narines. *(Une odeur proche du soufre… Après tout, cet homme est un tantinet diabolique !)*

- Tout doux, Psycho ! murmure Golomine, désireux de freiner Papou, je veux juste éviter que Noah ne souffre !

Ayshala vole rapidement au-devant de lui.

- Golomine ! Ne complique pas les choses, veux-tu !

La lueur de panique dans les yeux de la reine arrête net la mangouste. Golomine se tait et attend la suite qui ne se fait pas attendre.

-Petite mangouste, change de forme ! Petite mangouste, envole-toi !

En un clin d'œil Golomine se transforme en luciole. Papou éclate de rire.

-Comme ça, tu ne nous importuneras plus, sale bête !

Ce qu'il ignore, c'est qu'en tant que reine de cette espèce, Ayshala peut communiquer télépathiquement avec n'importe quelle luciole.

(« *Golomine, m'entends-tu ?* »)

(« *Très bien, ma Reine ! Mais la prochaine fois, un petit signe d'avertissement serait appréciable ! Vous savez comme la métamorphose me donne la nausée !* »)

(« *Nous n'avons pas le temps de bavarder, Golomine ! Va voir Ewyn et raconte-lui ce qui s'est passé. Mais prends garde ! Tu ne pourras te transformer que soixante secondes avant de reprendre ta forme de luciole !* »)

(« *C'est peu, en effet !* »)

(« *Débrouille-toi pour faire entrer l'ogre dans sa cage !* »)

(« *Wouah ! C'est tout ?!* »)

(« *J'arrive avec la potion !* »)

(« Comment comptez-vous vous débarrasser de Papou ? »)

(« J'en fais mon affaire ! Je suis persuadée qu'il est de mèche avec le roi de Korr ! Et puis, peut-être attendait-il l'arrivée de Noah… »)

(« Comment ça ? »)

(« Atar est un mage noir. Peu de personnes le connaissent et peut-être Papou croyait-il que j'ignorais son existence… Tout porte à croire que Vyus sait qu'il a un fils… Et ça, c'est inquiétant ! Allez, va maintenant ! Et ne traîne pas en route ! »)

Golomine obtempère et sans attendre une minute de plus, s'envole par la fenêtre entrouverte.

- Ma chère Ayshala ! Qu'il est doux de savoir que vous me soutenez dans mon combat ! marmotte Papou d'une voix mielleuse.

- J'attends ce moment depuis si longtemps ! se plaint la fée en se posant sur l'épaule du vieillard.

- Comme je vous comprends ! Pas plus tard qu'hier, Vyus me disait que las de patienter, il avait dû contrôler l'esprit du roi de Korr. Il était ainsi persuadé que Noah se démènerait pour sauver son animal domestique avant d'atterrir dans mon salon. Et comme toujours, le Maître a vu juste !

- Oh comme vous avez de la chance de pouvoir converser avec lui ! soupire envieusement Ayshala.

- N'est-ce pas ? se gargarise le Père Fouettard.

Toute à sa suffisance, l'homme ne s'aperçoit pas qu'Ayshala se glisse dans son oreille. Il continue de débiter les échanges qu'il entretient avec le thaumaturge diabolique tandis que la fée se faufile dans son conduit auditif.

(Beurk ! Rien que d'y penser, j'en ai des frissons ! Il suffit que notre père fouettard national ait oublié l'usage du coton-tige pour que cette expérience soit parfaitement répugnante !)

- *Figere* ! hurle-t-elle, brusquement.

Papou rugit de douleur et tombe, immobile, sur le parquet. Satisfaite, Ayshala se précipite vers Noah et, à l'aide de poudre argenté le réveille. Puis, tandis que le jeune garçon reprend ses esprits, elle vole la capsule de sang de soukounyans.

- Reine Ayshala ? Mais… que faites-vous ?

- Pas le temps de t'expliquer ! Sortons d'ici ! Quand le sort se dissipera, le félon va partir à notre poursuite !

Noah n'a pas besoin de plus d'encouragements. Il saute sur ses pieds et dévale le morne comme si le diable en personne était à ses trousses.

(Je ne veux pas faire l'apologie de la lâcheté mais quand le père Fouettard se retourne contre vous, courir me paraît une bonne option !)

Tout d'abord, Ewyn tente de chasser l'insecte qui vient de se glisser dans sa cellule. La luciole clignote et tourbillonne autour de lui, vrombissant aux oreilles du dragon qui, déjà agacé par la situation, sent sa colère poindre.

- Tu vas t'arrêter, oui ! s'énerve-t-il, va éclairer quelqu'un d'autre !

Soudain, la bestiole se met à grossir. Le corps se couvre d'un pelage taupe, la tête s'allonge, les oreilles poussent... Le dragon est si étonné qu'il en oublie sa capacité à cracher du feu ! Dieu merci ! Brûler Golomine aurait été un mauvais calcul stratégique !

- La mangouste ! s'écrie Ewyn quand celle-ci lève sa tête vers lui. Non ! Pas toi !

- Vite, dragon ! Nous devons entrainer l'ogre dans ta cellule immédiatement !

Ewyn croise les bras.

- Mais encore ?!

- Tu rigoles, j'espère ! T'es pas en position de faire la fine bouche! Désolé que ton chevalier en armure ne te plaise pas mais il faudra faire avec ! Appelle le garde !

Mais Golomine a oublié à quel point Ewyn pouvait être têtu. Le dragon ne bouge pas d'un iota.

- Bon sang ! s'écrie-t-il, agacé. Noah et Ayshala arrivent pour la suite du plan ! Je ne dispose que d'une minute... non quarante-cinq secondes maintenant !

(« Ewyn ! Il dit vrai ! Appelle le garde ! A moins que tu ne veuilles moisir ici ! »)

(« Pourquoi l'avoir envoyé, lui ?! »)

(« Ewyn ! »)

(« Oh ! Très bien… »)

- Garde ! hurle-t-il en fixant Golomine.

- Voilà le topo, murmure le petit animal, Noah est doté de pouvoir magique et il est poursuivi par Vyus son psychopathe de père. Il vient de l'apprendre donc il est un peu…instable ! Et…

L'arrivée du garde interrompt Golomine. Heureusement parce qu'Ewyn a besoin de temps pour assimiler la nouvelle : Noah est le fils de Vyus ! Pas étonnant que le jeune garçon soit chamboulé !

Golomine, tapi dans un coin sombre de la cellule, croise les doigts pour que la transformation attende quelques secondes de plus… La lumière de la magie risque de faire capoter le plan !

- Que veux-tu, cracheur de feu ? grogne l'ogre d'un ton réprobateur.

Ewyn lance une petite flammèche.

(« C'est pour l'effet dramatique, dragon ? »)

(« La ferme, l'écrivain ! Aide-moi plutôt à trouver un plan pour sortir de cette cellule ! »)

(« Demande à aller aux toilettes ! »)

(« Ah ! Pour une fois que t'as une bonne idée, l'intello ! »)

- J'dois faire la grosse commission !

L'ogre lève son mono-sourcil.

- Une commission ? Mais pour qui ?!

- T'es sérieux, là ?! demande Ewyn, sidéré, tu n'connais pas cette expression ? Faire la grosse commission ?

- Euh…. Y'a quoi à connaître ?

Le dragon secoue la tête.

- Il faut sortir le dimanche!

- Mais je sors le dimanche! s'impatiente l'ogre, je me rends à l'office du Père Loranti ! Jamais il ne nous a parlé d'une quelconque commission !

Ewyn en perd son latin.

- Tu te rends à l'office ?! C'est une blague ?! Sortir le dimanche est une expression qui veut dire…

- Encore une expression ! le coupe l'ogre. Et si tu arrêtais de t'*exprimer* et que tu me faisais part de ton problème, dragon ?

- Mais c'est justement ce que…

(« *Ewyn ! Dépêche-toi ! Golomine va se transformer en luciole !*»)

(« *Golomine ?!*)

(« *La mangouste !* »)

(« *T'avais pas de nom plus ridicule sous la main, l'intello ?!*»)

(« *Ewyn !* »)

(« *Oh ! Ça va !* »)

Le dragon prend son inspiration et déclare d'une voix claire : « J'ai envie d'aller aux toilettes ! De déféquer, quoi ! »

- Déféquer ?!
- Bordel ! Tu fais exprès d'être stupide ou quoi ! J'ai envie de faire caca ! Voilà, t'as percuté?!

L'ogre verdit d'embarras (*Sa peau est verte ! Il devient encore plus vert quand le sang lui monte aux joues !*) et se hâte de déverrouiller la serrure.

Sitôt que la grille s'ouvre, Ewyn bondit et d'un coup de patte, l'assomme.

- C'était moins une ! s'exclame Golomine qui commence déjà à rapetisser, écoute-moi ! Ayshala et Noah arrivent avec une potion d'inversion, tu sortiras de là, drag…

Il ne peut pas finir sa phrase : il a repris sa forme de luciole. Ewyn s'assied lourdement sur le sol de pierre.

- C'est quoi une potion d'inversion ? bougonne-t-il.

§§§§

Noah et Ayshala arrivent aux pieds de la Tour Noire, essoufflés.

(*Près de quatre heures pour se rendre à la prison royale !*)

- Et maintenant ? murmure le garçon.
- Aurais-tu un bol ou un petit verre ?

Noah fouille dans sa besace et en sort une timbale en laiton.

- Tiens-la fermement ! ordonne Ayshala.

Elle y verse quelques feuilles, un peu de poudre argentée et le sang de *soukounynan*,

- Beurk !

Ayshala sourit.

- Le goût est encore moins alléchant !
- Je plains Ewyn !
- Moi aussi ! rigole la reine.

Ayshala consulte son DDT *(Découpeur De Temps. Une montre, quoi !)* et déclare :

« Il sera minuit dans une minute ! Le temps presse ! Attends-moi ici, je reviens avec Ewyn et Golomine ! »

Noah s'accroupit sous un arbre, bien à l'abri des regards. Par chance, c'est la nouvelle lune : il fait sombre.

§§§§

Ewyn exhale un soupir de soulagement à la vue d'Ayshala. Il craignait que le tour de garde de l'ogre ne prît fin et que la supercherie ne fût découverte.

Ayshala pénètre dans la cellule avec mille précautions : elle fait léviter un grand gobelet et elle s'applique à le faire passer à travers les barreaux. Une fois sa tâche accomplie, elle fait doucement redescendre le verre sur le sol. Puis, elle arrache un poil à l'ogre et une écaille à Ewyn pour les incorporer dans la mixture.

La luciole vient se poser sur l'épaule délicate d'Ayshala et entame une conversation silencieuse avec sa souveraine.

(« Ma reine ! Ewyn ne sait pas ce qu'il adviendra une fois qu'il aura bu cette…cette chose ! »)

(« Evidemment que non ! Riposte Ayshala, ce dragon est tellement buté qu'il est capable de se condamner plutôt que de suivre le bon sens ! »)

(« Je ne suis pas certain que sa réaction soit…comment dire…des plus enjouée ! »)

(« Je sais mais nous n'avons guère le choix ! »)

Ayshala tend sa préparation au dragon et, par prudence, Golomine se déplace sur le rebord de la fenêtre…

- Beurk ! marmonne Ewyn en fixant l'immonde mélange, vous ne croyez tout de même pas que je vais avaler ça !

- Tu n'as guère le choix, dragon ! Je ne peux pas te transformer en insecte ! Tu es bien trop gros !

- Insinuez-vous qu'un régime s'impose ? Croyez-le ou non, je fais attention à ma ligne !

(« Ewyn ! Cesse de déblatérer et bois ce truc ! Sinon Vyus ne fera qu'une bouchée de Noah ! »)

(« Bon sang, l'écrivain ! C'était trop te demander que d'inventer une potion à base de jus de fruit de la passion! »)

(« Et puis quoi encore ! »)

Ewyn s'empare du verre mais Ayshala l'arrête.

- La moitié ! Géant vert boira l'autre moitié !

Le dragon bloque sa respiration et avale le liquide.

- Qu'avez-vous mis dedans ?! C'est infect ! grogne-t-il.

Ayshala sourit mais ne répond pas.

(Tu m'étonnes ! Tu aurais dit au dragon qu'il vient d'ingurgiter du sang de soukounyan ? C'est suicidaire ! Aussi magique soient-elles, peu de personnes survivent à une incinération !)

- Ouvre la bouche de l'ogre ! ordonne la fée.

Ewyn obéit et la reine, utilisant une fois de plus la lévitation, verse le reste de potion dans le gosier du garde.

Et quelques incantations plus tard… Ewyn pousse un hurlement de rage.

- Calme-toi, dragon! murmure la fée.

- Me calmer ! vocifère Ewyn devenu ogre, vous avez omis de me dire que je me retrouverais dans la peau de cette infamie de la nature !

- Hum… c'est exact ! Mais l'aurais-tu fait sinon ?

Ewyn ferme les yeux pour ne pas écrabouiller Ayshala.

- Combien de temps l'effet dure-t-il? grince-t-il une fois qu'il a repris le contrôle de son courroux.

- Oh ! Une petite heure de rien du tout!

- De rien du tout ! Ça vous va bien de dire ça! Ce n'est pas vous qui vous baladez en costume d'ogre !

(« Arrête de te plaindre et sort de là, Ewyn ! »)

- Allons-y ! clame-t-il très irrité, rendez-vous en bas!

- C'est ça ! confirme Ayshala qui s'élance par la fenêtre suivie de près par Golomine.

A peine arrivée près de Noah, Ayshala murmure :

« Petite mangouste, reprends forme ! Petite mangouste, pose-toi ! »

Sous le regard interdit de l'adolescent, Golomine apparaît et s'étire en soupirant :

« Enfin ! Voler c'est génial mais s'allumer toutes les trois secondes, franchement, ça craint ! »

Noah s'avance vers eux : « Alors… Avec Ewyn… comment ça s'est passé ? »

Golomine se gratte la tête, pensif.

- Ma foi, compte-tenu de la situation, plutôt bien ! Qu'en dites-vous, ma Reine ?
- Je suis de ton avis ! Il n'a hurlé qu'une fois !

Un bruit sourd les interrompt : Ewyn sort par une porte dérobée. Noah étouffe un cri. Son ami est vert et grand… et hideux !

- Ne dis rien ! lui conseille Ewyn, je n'en reviens toujours pas et ma colère est encore à son maximum !
- Lâche tes cheveux, dragon ! intercède la mangouste quelque peu irritée du manque de reconnaissance dont Ewyn fait preuve, tu vas reprendre forme humaine dans une heure !

Ewyn détourne lentement son regard vers Golomine qui éclate de rire.

- Waouh ! Même transformé en ogre, le ralenti du regard assassin est à couper le souffle ! Franchement, tu devrais suivre mon conseil ! Prends des cours de comédie ! Tu es doué !

Le dragon ferme les yeux :

« Je ne tuerai pas cette mangouste. Je ne tuerai pas cette mangouste. Je ne tuerai pas cette mangouste. »

Golomine rigole en entendant la récitation et Ewyn qui commençait à se calmer, est de nouveau piqué au vif : cette mangouste sait exactement quoi dire pour le mettre hors de lui. A cet instant, il en oublie les raisons qui l'ont conduit en prison et se laisse séduire par la lancée d'une petite flamme…

- Ewyn ! l'interpelle Noah, le coupant net dans son élan, reprends-toi ! Tu le brûleras une autre fois !

Puis il ajoute le menton déjà tremblant des larmes qu'il s'apprête à verser :

« Si tu savais ce que j'ai découvert Ewyn, hoquète-t-il, je n'arrive même pas à le croire… Je suis… »

- Chut, Noah ! murmure son ami, je sais. Je suis là, je ne t'abandonnerai jamais ! Même si tu étais le fils du diable en personne !

Ces paroles, loin de réconforter le garçon, le plonge dans un profond chagrin.

- Le diable ! s'écrie-t-il en sanglotant bruyamment, mais c'est tout comme, Ewyn ! Vyus est mon père! Vyus ! J'aurais pu être le fils d'une sirène ou d'un cyclope que je m'en porterais beaucoup mieux !

- Partons d'ici ! les presse Ayshala soucieuse, ce n'est guère l'endroit pour entamer une telle discussion ! Nous devons trouver un abri avant que le Père Fouettard ne nous rattrape.

- Le Père Fouettard ? répète Ewyn perplexe, qu'a-t-il à voir dans cette histoire ?

- Nous pensons que ce félon est de mèche avec Vyus. Ils ont dû échafauder un plan pour t'éloigner de Noah et donc profiter de sa vulnérabilité pour l'attirer dans leur filet, explique Ayshala.

- Cela voudrait dire que Vyus connaît l'existence de Noah !

- Tout à fait ! Et vu le personnage, il fera tout pour récupérer son héritier.

Noah déglutit péniblement.

- Mais… Je ne veux pas de son héritage !
- Je doute fort qu'il s'arrête à ce détail, Noah ! ajoute doucement Golomine.

Le silence s'abat sur les quatre compères et ils s'éloignent de la Tour Noire, le cœur agité et le pas lourd.

- Quels sont les plans, maintenant ? demande Golomine au bout d'une demi-heure de marche.
- Nous devons intercepter les gardes envoyés par le roi, explique Ewyn. Si cet abruti réussit à concocter sa potion magique, il détiendra la pouvoir suprême. Or, il est si bête qu'il sera facilement manipulable par Vyus…

Un rire assourdissant fait tressaillir le petit groupe. A quelques pas, le père Fouettard, martinet à la main, les surplombe de sa haute stature.

- Vous pensiez m'échapper, les amis ? dit-il d'une voix narquoise qui hérisse les poils verts d'Ewyn.
- Qui… qui êtes-vous ? bégaie Noah qui ne reconnaît pas le vieillard.
- C'est ce bon vieux Papou métamorphosé, rétorque Golomine sur un ton méprisant, sale traître !

Ayshala se place devant le groupe et lève son minuscule menton.

(Heureusement que ses pouvoirs sont inversement proportionnels à sa taille ! Sinon, je crains fort que nos quatre héros n'auraient pas pu aller bien loin dans cette histoire…)

- Lucius Malus Connus ! Je t'ordonne de te retirer ! clame-t-elle.

- Tu m'ordonnes ! Nul être, mon maître mis à part, n'est en droit de m'ordonner quoi que ce soit !

- Le maître dont tu fais référence ne vaut pas plus que la boue qui s'accroche à mes chaussures !

(Euh… Quelles chaussures ?! Cette fée a le verbe haut ! Elle n'a point de chaussure ! Et quand bien même elle en porterait, il est rare qu'elle pose son petit peton sur un sol détrempé !)

Le sourire de Papou s'efface.

- Tu regretteras tes paroles, insecte inutile !

Ayshala laisse échapper un rire cristallin terriblement hautain.

- J'en frémis d'avance, cher ami !

Papou beugle de fureur : « *Poussiérastis !* »

(« Poussiérastis ! Sérieusement, l'intello ? Tu te crois dans Harry Potter ou quoi ?! »)

(« Oh c'est bon ! Si je ne peux même pas m'amuser un peu ! »)

Ewyn n'a guère le loisir de répondre. Noah hurle tandis qu'une lumière bleue émane de son corps. Il se jette devant Ayshala pour parer l'attaque du sycophante.

- Noah ! crie Ewyn, désespéré à l'idée que son ami ne soit blessé.

Mais l'adolescent ne l'entend plus. Une boule d'énergie est expulsée de ses paumes ouvertes et foudroie Papou. Le géant tombe sur le sol en se tordant de douleur. Ewyn, Ayshala et Golomine restent interdits devant la rapidité de l'action.

- Noah ? marmotte finalement Ewyn en s'approchant prudemment de l'adolescent, tu vas bien ?

Ayshala et Golomine accourent aux côtés de l'ogre-dragon sans accorder un seul regard à Papou qui, toujours sur le sol, vocifère des insanités.

Noah quant à lui, git face contre terre sans bouger mais la respiration bruyante. Avec mille précautions, Ewyn tourne son ami vers lui.

- Noah ?

De grands yeux agrandis par l'effroi scrutent Ewyn.

- Je n'ai pas pu m'en empêcher, Ewyn… Il voulait nous tuer…Tu… tu crois que je suis mauvais comme… comme Vyus? dit-il d'une voix tremblante.

- Bien sûr que non ! Cela fait longtemps que cet énergumène mérite une raclée !

- Je partage l'avis du dragon… euh de l'ogre ! déclare Golomine le plus sérieusement du monde, cet homme tirait plaisir des souffrances des enfants !

Et se tournant vers Papou, les mains sur les hanches : « Tu m'entends, pauvre type ! Trouve-toi une occupation ! Peins, joue de la flûte ou déniche-toi une petite amie ! Mais arrête de houspiller les autres ! »

(Très impressionnant ! J'imagine que Papou en est tétanisé de terreur !)

A ces mots, Noah ne peut s'empêcher de sourire timidement. Il se redresse en détaillant ses mains sous toutes les coutures.

- Je ne sais toujours pas comment j'arrive à faire ce truc bleu ! marmonne-t-il dans sa barbe. C'est fou ! C'est complètement incontrôlable !

- Ton pouvoir est grand, Noah, révèle Ayshala et il te faudra apprendre à le contrôler. Nul doute que Vyus voudra en profiter. Ne t'inquiète pas, je connais un sorcier qui saura t'aider. En attendant, Ewyn a raison. Il faut en finir une bonne fois pour toutes avec le Roi de Korr et ses envies de grandeur !

Après avoir solidement attaché le Père Fouettard à un manguier, Golomine, Ayshala, Noah et Ewyn qui a finalement retrouvé son enveloppe corporelle, se dirigent vers le château.

- Je suis mort de fatigue, Ewyn ! murmure Noah. Il est près de deux heures du matin ! Et nous nous sommes levés à l'aube !

Bien que ces paroles aient été marmottées, Ayshala les entend et décide, en attendant le lever du soleil (et donc l'arrivée des gardes du Roi en possession de la mixture de Feuy), de lever un camp. Elle le sait, le combat qu'ils s'apprêtent à livrer est des plus ardus. Surtout si Vyus fait son apparition…

- Arrêtons-nous ici ! annonce-t-elle quand ils ont atteint les abords du château. Reposons-nous quelques heures.

Noah, Ewyn et Golomine, épuisés ne se font guère prier. Une fois n'est pas coutume, le dragon argenté s'allonge sur l'herbe sans cérémonie. Et alors que ses yeux se ferment, il grommelle doucement :

« Une fois cette histoire terminée, j'irai chercher mon téléphone ! Je l'ai laissé à la consigne de l'auberge ! »

« Ah non, Ewyn ! Tu ne vas pas recommencer avec ça ! » Rouspète son ami.

Cependant, trop exténués pour entamer une conversation aussi triviale, Ewyn et Noah finissent par s'abandonner au sommeil, rejoignant Golomine qui flotte déjà au pays de Morphée.

Ayshala, quant à elle, ne ferme pas l'œil. Elle se pose sur une branche basse et entame de longues heures de veille.

§§§§

Dès les premières lueurs de l'aube, la Reine des Lucioles réveille ses compagnons qui se font violence pour se mettre debout.

- Je sais que vous êtes fatigués, mes amis ! Mais notre seule chance est d'intercepter les gardes du Roi avant qu'ils n'atteignent le château.

Noah et Ewyn acquiescent en silence. Golomine qui avait cueilli des mangues la veille, en tend une à chacun en guise de petit déjeuner. Puis, à l'aide d'un couteau prêté par Noah, il tranche son fruit en morceaux et en offre un bout à Ayshala.

- Merci, Golomine ! dit Ewyn en finissant son repas, je sais que nos rapports ne sont guère paisibles mais tu es un être loyal et je ne peux que respecter cette qualité !

- Du moment que tu gardes ton feu pour toi, c'est tout ce que je te demande ! rétorque la mangouste, émue malgré elle par les paroles d'Ewyn.

Ayshala sourit.

- Tenez-vous prêts ! Les gardes ne vont pas tarder !

A peine prononce-t-elle ces paroles, que trois hommes, vêtus de costumes noirs, portant casques et épées laser apparaissent sur d'énormes motos fort bruyantes.

Ayshala se met en travers de leur route et, d'une main levée, crée un champ de force contre lequel les trois hommes se heurtent avec fracas.

- Eh bien ! C'est pratique de vous avoir sous la main ! s'amuse Ewyn.

Les gardes se dépêchent de se remettre sur leurs pieds et brandissent leurs épées laser.

- Arrière, voleurs ! braille l'un d'entre eux.

- J'ai une forte impression de déjà-vu ! confesse Ewyn en croisant les bras.

- Nous ne voulons pas vous faire de mal ! les rassure Noah en levant les mains. Nous désirons juste la mixture de Feuy !

- Et vous pensez peut-être que nous allons vous la donner ? raille le garde.

- Vous devriez ! prévient la mangouste. Vous, plus que tout autre, savez à quel point un tel pouvoir serait dangereux entre les mains du Roi de Korr ! Souhaitez-vous réellement que ce monarque de pacotille règne sur toutes les contrées ? Sa soif de pouvoir nous conduira à notre perte en quelques semaines !

- Il dit vrai, renchérit Ayshala, s'il vous plaît, donnez-nous la potion !

- Mais… Qu'allez-vous en faire? insiste le plus grand des soldats que le discours de Golomine n'a pas laissé indifférent.

- Edgar ! Tu es fou ! Si le roi l'apprend, il tuera ta femme et ton fils ! C'est ça que tu veux ?! s'insurge le second soldat, dont les cheveux couleur carotte flotte aux quatre vents.

- Non, bien sûr que non ! Mais tu n'en as pas marre d'être menacé ? Moi si ! Je commence à me dire que ce règne de la peur doit prendre fin ! Et peut-être que le début de cette fin commence-t-il aujourd'hui!

- Bravo ! Bien parlé ! claironne Ewyn en applaudissant avec ferveur.

Devant les regards excédés des personnes autour de lui, le dragon lève les yeux au ciel :

« Quoi ?! Il faut l'encourager, ce petit ! Et puis, je ne sais pas pour vous, mais j'ai envie d'une douche, donc si on pouvait écourter les pourparlers… »

- Ewyn ! Tu ne nous aides pas ! s'énerve Noah.

Puis, se tournant vers les gardes :

« Nous n'avons aucunement l'intention d'utiliser cette potion pour notre usage personnel. Nous désirons seulement empêcher une catastrophe et vous pouvez nous aider ! »

Le grand garde secoue la tête et fait face à ses compagnons :

« Ma décision est prise ! J'en ai assez de ce roi ! Ces gens nous offrent un moyen de cesser cette comédie! »

- Mais… S'ils mentent ? murmure le troisième garde qui n'avait pas desserré les dents jusqu'ici.

- C'est un risque à prendre !

- Nous ne mentons pas, messieurs ! promet Ayshala, je suis le Reine des Fées des Lucioles et jure sur mon honneur que nous nos intentions sont pures.

Les gardes se regardent un instant puis, le plus grand tire une petite fiole de sa sacoche et la tend à Noah.

- Si le roi apprend notre traîtrise, il tuera notre famille! Vous n'avez pas intérêt à nous planter de coup de poignard dans le dos !

- Juré craché ! appuie Ewyn. Maintenant remontez sur vos bolides et allez chercher vos familles ! Emmenez-les à Kyo, vous y serez en sécurité. Au fait, vous avez un téléphone ?

Le rouquin lui prête le sien et après une conversation de quelques minutes, le dragon argenté rend l'appareil à son propriétaire.

- Demandez Aliette, c'est la cousine de la mère de Noah ! explique Ewyn en désignant son ami du menton. Elle a accepté de vous recevoir et vous attend. En retour, j'aimerais que vous nous rendiez un service…

- Lequel ?

- Noah, donne-leur les feuilles de l'arbre qui guérit !

L'adolescent s'exécute en tremblant.

- La mère de mon ami est très malade. Voilà l'antidote à ses maux. S'il vous plaît, donnez cette plante à Aliette. Elle saura quoi en faire.

- Comptez sur nous, affirme le plus taciturne des gardes tandis que son acolyte range les feuilles avec soin dans sa sacoche.

- Merci du fond du cœur ! murmure Noah, les yeux emplis de larmes. S'il vous plaît, dites-lui que je l'aime.

- Nous lui dirons ! Et vous, prenez soin de vous !

Les trois soldats enfourchent leurs deux-roues et, au lieu de se rendre au château, font demi-tour en direction du centre-ville.

- Tu vois, Ewyn ! intervient Golomine, certaines choses se règlent avec une pointe de bon sens !

- Pfff… Parle à ma main, mangouste ! Noah ?

- Mmh ? répond celui-ci, encore bouleversé.

- Ta mère s'en sortira.

- Merci Ewyn ! Tu es l'ami le plus génial que je n'ai jamais eu !

- Je sais, sourit le dragon.

Golomine, Noah et Ayshala rigolent de bon cœur, vivant pour la première depuis le début de ces péripéties, un moment de légèreté. De courte durée, hélas !

- Eh bien ! Qu'avons-nous là ? clame une voix très rauque au-dessus de leurs têtes.

La Reine des fées des Lucioles ferme les yeux. Elle a reconnu la voix et sait qu'elle n'est pas assez forte pour déborder cet adversaire. Pourtant, elle lève la tête lentement :

« Vyus. Ce n'est pas un plaisir, comme tu peux l'imaginer. Que veux-tu ? »

L'homme assis sur le dos d'un imposant dragon noir, esquisse un rictus amusé. Son visage maigre fait ressortir ses yeux noirs et perçants. Il a les cheveux blancs coupés court et une longue barbe pointue s'agite sous l'action du vent. Une cape noire, nouée autour de son cou, flotte derrière lui. Il fixe avec intensité Noah qui recule d'un pas :

« Vous… vous êtes… »

Ewyn se place devant l'adolescent.

- Il faudra d'abord me passer sur le corps ! hurle-t-il.

- Ainsi soit-il, sourit Vyus.

Les secondes qui suivent sont pur chaos. Quand Ewyn parvient enfin à ouvrir les yeux, plusieurs heures se sont écoulées. Ayshala et Golomine le contemplent d'un air inquiet.

- Noah ? coasse-t-il.

La reine et la mangouste répondent en cœur : « Vyus a kidnappé Noah. »

Ewyn gémit doucement et referme les yeux, désespéré.

(« Ce n'est pas le moment d'abandonner, dragon ! Lève-toi ! Ton ami compte sur toi ! »)

(« Promets-moi que Noah s'en sortira vivant et je braverai tous les ennemis que tu mettras sur ma route, l'intello ! Promets ! »)

(« Je ne peux pas et tu le sais ! Toutes les quêtes ont le même but, Ewyn ! »)

(« Lequel ? »)

(« S'éprouver, se découvrir. Et il est temps pour Noah de savoir qui il est. »)

Ewyn se lève lentement.

- Je vais chercher mon ami, annonce-t-il à Ayshala et Golomine. Vous êtes les bienvenus si vous souhaitez m'accompagner.

- En route ! s'exclame Ayshala, les terres de Vyus sont à plusieurs jours de marche d'ici.

- Voler me paraît plus sûr ! rétorque Ewyn en s'abaissant pour que Golomine grimpe sur son dos.

Une fois la mangouste et Ayshala confortablement installés, le dragon argenté pousse un cri guttural et s'élance à la rescousse de Noah.

A SUIVRE…